Den Kvindelige Træner

Erika Sanders

Serie

Erotisk Dominans og Underkastelse

Synopsis

Erika synes, hendes kvindelige træner er meget sexet. Vil hun gøre noget, når hun er alene med hende?...

Den Kvindelige Træner er en historie
med stærkt erotisk BDSM-indhold og til
gengæld også tilhørende samlingen
Erotisk Dominans og Underkastelse,
en serie af romaner med højt romantisk
og erotisk BDSM-indhold.

(Alle karakterer er 18 år eller ældre)

Erika Sanders er en internationalt kendt forfatter, oversat til mere end tyve sprog, som underskriver sine mest erotiske skrifter, væk fra sin sædvanlige prosa, med sit pigenavn.

DEN KVINDELIGE TRÆNER
ERIKA SANDERS

På trods af at hun var temmelig udmattet af dagens college-kurser, gjorde Erika sig stadig en indsats for at træne i universitetets fitnesscenter. Hun havde brug for det. Helt ærligt var hun den dårligste spiller på softballholdet.

Nok var hun i god form allerede, men sammenlignet med de andre piger på holdet var hun simpelthen ikke god nok, og det var et mirakel, at hun overhovedet kom på holdet. Holdet krævede et minimum antal spillere, og Erika var det minimum.

Efter at have udført en push/pull-rutine med forskellige maskiner tog hun et pusterum, inden hun ramte mavemusklerne. Hun lavede tredive reps i hurtig rækkefølge på en bænk, hvilede i et minut og gentog derefter sættet to gange mere.

Da hun kæmpede på det sidste sæt, så hun op for at se et ansigt, der blokerede lyset. En kvinde stod tilfældigt over hende med et svedigt ansigt, en rodet hestehale og et håndklæde viklet om halsen.

"Kom så, reps, reps, reps!" opmuntrede kvinden i spøg.

Erika erkendte med det samme, at det var træner Bethy. Hun pressede sig igennem et par ekstra reps på maven, som for at bevise sin sejhed, og rejste sig derefter for at hilse på træneren Bethy.

"Hej," smilede hun og tog dybe vejrtrækninger fra træningen.

Træner Bethy smilede tilbage.
"Undskyld at forstyrre din træning. Du
havde brug for et boost."

"Ja, jeg prøver at komme i bedre form."

"Jeg er glad for at se, at du arbejder
hårdt," svarede træneren Bethy.

"Apropos det, var du her hele tiden? Jeg
havde ikke set dig."

Træneren Bethy tørrede hendes ansigt
med et håndklæde. "Jeg var i saunaen
den sidste halve time. Inden da lavede
jeg en times cardio på løbebåndet."

"Pæn."

"Er du en løber, Erika?" hun spurgte.
"Hvor ofte løber du?"

"Ikke så meget, som jeg gerne vil. Jeg
løber oftere, når der ikke er skole. Måske
3-5 miles."

"Vidunderlig."

"Det er klart, at jeg ikke har resultater
som dig," svarede Erika og bemærkede,
at trænerens muskler krusede ved
vejrtrækningen. "Jeg mener, min gud,
din fysik er fantastisk."

Træner Bethy bøjede en bicep. "Tak.
Masser af hårdt arbejde."

"Jeg mener, seriøst. Du har fantastisk
genetik."

"På nogle måder, men helt ærligt, er jeg smart med min rutine."

"Noen hemmeligheder?" spurgte Erika. "Jeg ville dræbe for at have en krop som din."

"Først og fremmest tak, det er sødt. For det andet, vær stolt af den krop, du har. Kvinder er for hårde ved sig selv. Jeg synes, hver kvinde er smuk på sin egen unikke måde. Vær dig selv og rock, hvad du har."

Erika nikkede. "Åh, jeg er bestemt enig i den følelse. Men ikke alle piger er på et sportshold. Faktisk er jeg på DIT hold, og vores odds for at vinde kampe ville stige eksponentielt, hvis jeg var i bedre form."

For yderligere effekt slog Erika hendes øjenvipper, og træneren Bethy lo.

"Fortæl mig din typiske træningsrutine
og kost. Så vil jeg give dig nogle tanker,
hvis jeg kan."

Erika gav en hurtig gennemgang af
hendes sædvanlige fitness-kur og
ernæringsplan; alt fra hvordan hun
kunne lide at løbe og hvilke øvelser hun
lavede.

"Jeg tror, jeg fandt dit problem," sagde
træner Bethy i en afsluttende tone.

"Hvad er det?"

"Du har sandsynligvis nået et plateau.
Det er, når din krop er så vant til den
samme rutine, at den holder op med at
tilpasse sig, så du ikke opnår gevinst
længere."

Erika pressede læberne sammen.
"Hmmm... Interessant. Jeg har brugt den
samme rutine i årevis, så du har måske
ret."

"Måske løfte tungere vægte eller prøve
mere eksplosive øvelser. Skift tingene
op, find noget sjovt."

"Noen anbefalinger?"

"Personligt kan jeg godt lide at svømme,"
svarede træneren Bethy. "Det er lav
påvirkning af mine led, høj intensitet, og
det giver mig en følelse af frihed, når jeg
er i vandet."

"Gud, jeg plejede at elske at svømme
som barn. Mindre, da vores familie
flyttede til et andet sted. Jeg har slet ikke
svømmet, siden jeg flyttede til college."

"Sådan. Problem løst. Prøv at svømme.
Svøm hårdt, svøm hurtigt, men gør dig
ikke for øm, ellers vil du ikke være i
stand til at træne softball ordentligt.
Hvis du kobler det sammen med en god
diæt , vil bemærke store ændringer i din
krop."

"Problemet er, at alle de nærliggende
pools altid er optaget," stønnede Erika.
"Især universitetspuljen."

"Sandt, og det er derfor, jeg altid
kommer tidligt til campus og svømmer
alene. Tidsplanen fungerer perfekt for
mig."

"At svømme alene? Det må være rart. Jeg
kan kun drømme."

"Føler jeg jalousi?" drillede træneren
Bethy. "Ja, jeg har poolen helt for mig
selv. Det er terapeutisk for mig, både

fysisk og mentalt. Det er en fantastisk måde at starte en travl dag på."

"Jeg er fuldstændig jaloux."

"Du er velkommen til at slutte dig til mig, så længe du holder det hemmeligt."

"Er du sikker?" spurgte Erika overrasket over tilbuddet.

"Hvorfor ikke? Vil du være utilpas?"

"Det kommer an på. Er du en seriemorder?"

Træner Bethy rystede på hovedet. "Nej, men jeg er måske en seriemorder, der dræber andre seriemordere, som Dexter."

"Det virker for mig," svarede Erika, inden hun tænkte lidt om. "Jeg generer dig ikke, vel? Jeg mener, jeg vil ikke forstyrre din private tid."

"Pludder. Jeg er ved poolen kl. 6.45 mandag morgen. Hvis du er interesseret, så kom i god tid, og tag håndklæde og badetøj med. Vi har en time alene."

"Det er en date," smilede Erika.

Træneren Bethy gav et spørgende blik. "Interessant ordvalg. Jeg skal i hvert fald gå, og jeg har brug for et brusebad. Undskyld at jeg afbryder din mavetræning."

"Ingen bekymringer. Mine mavemuskler sutter alligevel."

Træneren Bethy prikkede Erikas mave. "Mandag morgen. Jeg vil vise dig et par gode mave-rutiner i poolen."

"Tror du, det vil virke for mig?"

"Det har virket for mig," svarede træneren og gned sin egen flade mave og mærkede de stramme muskler.

KAPITEL 2

Erika blev i fuld alvor blæst bagover af chancen for at træne privat med træneren Bethy. Denne kvindelige træner var trods alt en fantastisk person og i fantastisk form.

Inderst inde har Erika altid drømt om at være den pige. Pigen, der havde ramt det vindende skud, så ville hele holdet løfte hende op på deres skuldre, så hun kunne blive paraderet rundt på banen som en helt. Det var usandsynligt, men alligevel en fantasi.

Mandag kom hun til tiden og hilste på træner Bethy. Efter at have låst poolen op, tændt lyset og tændt for varmen, gik de til omklædningsrummet for at skifte om. De tog deres badetøj på i forskellige skabsområder, så de ikke skulle se hinanden nøgne.

De mødtes ved poolområdet, hvor de brugte et øjeblik på at beundre hinandens badetøj.

"Er det nyt?" spurgte træneren Bethy.

"Jep. Jeg købte den i weekenden."

"Dejligt. Det ser ud til, at du er klar til at gå."

De lavede deres opvarmning og løsnede deres lemmer i flere minutter. Da deres kroppe var varme, dykkede de ned i poolen og svømmede runder. Normalt tempo i starten. Derefter svømmede de hurtigt frem og tilbage mellem begge ender af bassinet og arbejdede på deres styrke og konditionsudholdenhed.

Efter ti omgange med meget lidt hvile imellem, lænede de sig mod bassinsiden med armene på betonen.

"Det var intenst," huffede Erika med et tungt åndedrag.

"Det var det. Og jeg elsker det."

Erikas puls bevægede sig mod normalitet. "Jeg vil helt sikkert have ondt i morgen."

Træner Bethy løftede et øjenbryn. "Så du tror, vi allerede er færdige?"

"Er vi ikke?" svarede Erika.

"Dine mavemuskler, husker du? Ville du ikke arbejde på dem?"

"Jeg tror, jeg har fået nok af en core-træning af at svømme de runder."

Et sadistisk smil kom over den kvindelige træners læber. "Pludder. Vi er allerede i poolen, så vi kan lige så godt gøre det, vi kom her for. Følg mig. Sæt ryggen mod væggen, hold fast i betonen med armene og lav benløft. Sådan her ."

Træner Bethy førte som et godt eksempel, satte hende ryggen mod væggen, hvilede hendes arme på betonen og hævede derefter benene, så hendes fødder væltede op af vandet. Hun lavede flere gentagelser. Erika gjorde det samme, men kæmpede efter den tredje rep.

"Det her er hårdt," sukkede Erika og satte fødderne ned igen. "Det er så meget sværere med vandet, der tilføjer modstand."

"Det er pointen."

"Jeg kan ikke blive ved."

"Klart du kan, bare et par flere gentagelser."

Erika rakte tungen ud. "Ughhh....kan du i det mindste hjælpe mig?"

"Jo da."

Det var, da træneren lagde hænderne i vandet for at hjælpe Erika ved at trykke under hendes underlår, så flere reps kunne udføres.

"Nu, det er det, jeg kalder at træne,"
smilede Erika, da træneren hjalp med at
løfte hendes ben for et par gentagelser
mere.

"Jeg er overrasket over, at jeg ikke har
skræmt dig væk endnu, for at være
ærlig."

"Fra træningen? Jeg er ikke den bedste
naturlige atlet, men jeg er heller ikke en
quitter. Selvom jeg prøvede at holde op
for et øjeblik siden. Jeg er vedholdende,
når jeg har brug for det."

Erika fortsatte med at hæve benene i
vandet, mens træneren hjalp hendes
bevægelser.

"Jeg mener den anden ting," sagde træner Bethy. "Du virker ikke som typen. Derfor er jeg overrasket."

"Nu er jeg helt forvirret."

"Glem det."

Erika satte benene ned, og de så på hinanden. "Du hentydede til noget i sidste uge om, at du ikke ville træne med mig. Nu antyder du noget igen. Er der noget, jeg mangler? Jeg mener, er du en seriemorder eller hvad? Jeg lover, at jeg ikke fortæller det. "

"Du ved det ikke?" spurgte træneren Bethy. "Jeg er lesbisk. Du er vel den eneste pige på holdet, der ikke har hørt endnu."

"Åh..."

"Fik du ikke notatet?"

"Jeg vidste ikke, at der var en," trak Erika på skuldrene.

"Jeg forstår, at det er 2023, og jeg antyder ikke, at du er homofob eller noget. Men nogle af pigerne på holdet kommer fra religiøs baggrund, hvis forældre bidrager med mange penge til denne akademiske institution. Det er en tricky ting. "

"Afpresser de dig?"

Træner Bethy rystede på hovedet. "Nej, sådan noget. Det er en lang historie. Men dybest set så nogle af pigerne på holdet mig kysse en kvindelig professor i omklædningsrummet."

"En kvindelig professor?" spurgte Erika og skjulte sin overraskelse.

"Ja, en kvindelig professor. Det var en kortvarig ting. Læreren kunne ikke vente og kom ind, og vi kyssede. Jeg troede, vi havde privatliv nok, så jeg tillod det. I hvert fald så de det og var lige så chokerede som du er. Vi snakkede, og de blev enige om at holde det hemmeligt for mig. Dog vil piger være piger, og jeg ved, at de spreder information om mig. Jeg har lagt mærke til, at nogle af de kvindelige spillere på holdet fniser, når de ser mig. Hej, sådan er livet, ikke?"

"Det stinker."

"Hvad kan jeg gøre? Jeg er ikke i en fordelagtig position her."

"Det er 2023, du kan være lige så homoseksuel, som du vil," sagde Erika.

"Jeg ved det. Men stigmatiseringen vil være der, og jeg vil ikke gøre tingene mærkelige, fordi jeg er meget omkring fremtrædende medlemmer af denne institution. Medlemmer, som skal vi sige, er langt mere traditionelle end os. Ikke det det er en dårlig ting. Sådan er det bare."

"For ordens skyld har jeg ingen problemer med din livsstil. Jeg synes, du er smuk og fantastisk. Og det mener jeg virkelig fra bunden af mit hjerte."

"Det betyder meget," smilede træneren Bethy. "Jeg var i hvert fald ikke sikker på, hvad dine synspunkter var. Derfor tøvede jeg med, at vi trænede privat."

"Hvordan ved du, hvilken vej jeg
svinger?"

"Dine øjne har en tendens til at se på
mine muskler. Ikke på mine bryster, ben
eller læber."

Erika smilede. "Jeg tror, det er en god
målestok."

"Jamen, vi må hellere komme ud af
poolen, før vi bliver til svesker af at have
været i vandet så længe."

"Jeg er ikke færdig med mine benløft."

"Er du ikke?" spurgte træneren Bethy, da
han vidste, hvor det var på vej hen.

"Jeg er sikker på, at jeg kan presse et par gentagelser ud. Gud ved, at min kerne har brug for al den hjælp, den kan få."

"Jeg går ud fra, at du har brug for hjælp."

Erika pressede ryggen mod væggen og holdt fast i betonen. "Jeg kan ikke lave disse benløft i poolen uden din hjælp. Jeg er tydeligvis ikke så stærk som dig."

"Jeg synes, det er meget stærkt at forpligte sig til din fitness."

Træner Bethy rakte i vandet og placerede sine hænder under Erikas lår igen og hjalp hende med at løfte benene i vandet. Stemningen mellem dem havde ændret sig. Det var, som om de kom tættere på de oplysninger, de delte. Bonding har en tendens til at ske på den måde.

"Hvordan føles det?" spurgte træneren
Bethy. "Brænder du endnu?"

"Snakker du om min kerne eller dine
hænder i nærheden af min røv?"

Træner Bethy gav et hånt suk. "Svar på
det, som du vil."

"De brænder begge. På den gode måde."

Kvinderne smilede til hinanden, og efter
et par flere assisterede reps bad Erika
om at stoppe, da hendes mavemuskler
gjorde ondt. Træneren Bethy gav slip, og
Erika satte sine ben på bassingulvet.

"Du er en god sport," sagde træneren
Bethy glad. "Jeg kan godt lide din
arbejdsmoral."

Erika spændte pludselig. "Må jeg spørge dig om noget? Det er lidt pinligt, men jeg vil alligevel spørge dig."

"Ja, hvad som helst."

"Hvornår vidste du det? Jeg mener, du ved, hvad jeg mener. Men hvornår vidste du det?"

Selvfølgelig forstod træneren Bethy spørgsmålet. "Jeg har altid vidst det. Hvorfor? Er mine instinkter forkerte med dig?"

Erika rystede på hovedet. "Nej, det ved jeg ikke. Det er kompliceret."

"Hmmm..." nynnede træneren Bethy under hendes ånde. "Du er en interessant en."

"Hvorfor? Fordi jeg er kvindelig mærkelig og ikke falder i de stereotype kasser?"

"Måske."

"Jamen det er betryggende," svarede Erika.

"Det er okay at være nysgerrig. Det er helt naturligt. Men jeg er ikke sikker på, om jeg er den rigtige person, du skal tale med. Jeg er kvindelig ansat på denne skole, og jeg er bundet af etiske retningslinjer."

"Jeg er voksen."

Træner Bethy tog en dyb indånding. "Hvis du er nysgerrig efter noget, så er jeg her for dig. Jeg ved, at du er på en

udfordrende tid i dit liv, da du er en ung
kvinde på college."

"Tak."

"Var der noget specifikt, du ville tale
om?"

"Hvordan skete den første gang?" Erika
tvang sig selv til at spørge. "Jeg mener,
forfulgte du den anden person? Eller gik
den anden person efter dig?"

"Det var gensidigt, for at være ærlig. Min
første gang var på din alder, da jeg gik på
college. Jeg var værelseskammerater
med denne pige. Jeg vil spare dig for
detaljerne. Men jeg vidste, hvad jeg var.
Hun var på hegnet ca. ting. Den ene ting,
vi havde til fælles, var, at vi virkelig
ramte det. Vi havde en fantastisk kemi
sammen, og overraskende nok var hun
tiltrukket af mig."

"Jeg synes overhovedet ikke, det er en overraskelse. Du er hot."

Træneren Bethy smilede: "Tak. Men det var min første gang. Det skete ligesom bare en aften, hvor vi studerede sammen. Jeg vil spare dig for de sexede ting."

"At studere og derefter kysse. Det lyder ret fedt."

"Jeg kan stadig ikke tro, at mine instinkter var forkerte med dig."

Erika trak på skuldrene. "Jeg holder nøje vagt over visse ting om mig selv. Jeg er god til hemmeligheder. Jeg har aldrig haft denne diskussion med nogen før."

"Nå, jeg er smigret. Nu, hvorfor spørger du? Havde du nogen i tankerne? Enhver, du er interesseret i at date?"

"Goh nej. Jeg indrømmer, at jeg tænker sådan på nogle af mine kvindelige venner, og jeg ville ikke have noget imod at kysse dem, men ingen har gjort noget ved mig endnu."

Træner Bethy lo. "Er det sådan, du lever dit liv? Venter du på, at andre tager det første skridt?"

Erika nikkede.

"Det er ikke en god livsstrategi," svarede træneren Bethy. "Faktisk er det en frygtelig livsstrategi."

"Hvad er alternativet? Gå rundt og slå på piger i den lokale bar? Find en lesbisk

Tinder-app på min telefon? Jeg ved ikke, hvad jeg skal gøre."

"Hmmm..."

"Hvad betyder det?"

Træneren rystede på hovedet. "Glem det."

"Nej Fortæl mig."

"Intet. Jeg tænkte bare på, at da du kan holde på en hemmelighed, kommer vi sammen, og du var nysgerrig, så kunne jeg have hjulpet dig med dit lille dilemma. Selvfølgelig ville det være et brud på etikken."

Erikas øjne blev store, og hun gjorde ingen indsats for at skjule sine følelser.

Kunne sådan et tilbud virkelig være på bordet? Bare jeg tænkte på det fik hendes ben til at krydse i poolen. Det gjorde hun heller ikke noget forsøg på at skjule. Faktisk var hun sikker på, at træner Bethy kunne lugte hendes ophidselse, der kom fra poolen ved hjælp af superkræfter.

"Jeg kan holde på en hemmelighed," knirkede Erika.

"Regler er regler. Det skulle jeg ikke have nævnt."

"Så du kører aldrig over fartgrænsen?"

"Det er anderledes."

"Hvordan?"

Træner Bethy tænkte sig om et øjeblik. "Sværger du aldrig at fortælle det til nogen?"

"Jeg sværger. Når det kommer til hemmeligheder, er jeg pålidelig."

"Hvis du bryder dette løfte, er straffen døden."

Erika slog sine øjenvipper og nikkede. "Tredobbelt bande."

"Luk dine øjne."

Og det var da alt ændrede sig. Erika holdt øjnene lukkede, mærkede strømmen af vandet omkring hende, og mærkede så et par læber presse sig mod hendes egne. Kysset føltes dejligt, blødt og lidenskabeligt. Det var sådan et godt kys skulle føles. Det var meget mere ømt end noget andet kys, hun nogensinde havde følt. Fornemmelsen af, at deres læber rørte ved, sendte en behagelig følelse op ad Erikas rygrad.

Da træneren Bethy smuttede tungen ind, mærkede Erika, at hendes fisse knugede sig hårdt. Hendes ben krydsede strammere og hendes tæer krøllede. Deres tunger kæmpede i et par sekunder, før træneren Bethy trak sig væk.

"Du kan åbne dine øjne nu," sagde træneren.

Erika åbnede øjnene for at se den smukke smilende kvinde. "Det var..."

"Nu ved du, hvordan det er. Nysgerrigheden er væk."

"Kan du lide det? Jeg mener, gør det mod mig."

Træner Bethy nikkede. "Helt ærligt, du smager godt. Lækkert, endda."

"Tak," rødmede Erika. "Også dig."

"Vi skal gå nu. Jeg har undervisning om cirka en halv time. Det var dejligt. Vi kan dog aldrig gøre det igen."

"Hvorfor ikke?"

"Ingen hårde følelser, okay? Vi ses til træning i morgen."

Da træneren Bethy forsøgte at forlade poolen, slog Erikas instinkter og hormoner ind, og hun tog fat i den kvindelige træner om livet og trak hende tæt på, så de kyssede igen. Erika overraskede sig selv, da hun gjorde det. Hun var endnu mere overrasket over, at træneren Bethy ikke slog hende i ansigtet.

Så sluttede kysset, og de så på hinanden.

"Jeg er ked af, at jeg greb dig sådan," sagde Erika med en antydning af beklagelse. "Jeg ved ikke, hvad der kom over mig."

"Du er ung, og du nyder at kysse. Jeg forstår det. Men spil aldrig dominerende med mig. Dette er mit fitnesscenter. Jeg er din kvindelige træner. Jeg har ansvaret."

Nu var det trænerens tur til at udøve kontrol ved at trække Erika ind til et endnu dybere kys, og vise hvordan dette blev gjort. Den kvindelige træner viste en ægte følelse af kontrol over situationen, og smuttede endda sin hånd nedenunder, trak Erikas badetøjsunderdel til siden og kastede to fingre ind, og stoppede ikke, før Erika kom.

Og Erika kom på ingen tid.

KAPITEL 3

Det var virkelig alt, hun kunne tænke på. Hvorfor tænke på noget andet efter sådan en oplevelse?

Derfor var det en stor overraskelse for Erika, at træneren Bethy tilsyneladende gav hende den kolde skulder til træning dagen efter. Endnu en gang spillede træneren favoritter og brugte det meste af sin tid på at kommunikere med topspillerne og give generelle instruktioner. Det var forståeligt i betragtning af presset for holdet om at vinde.

Men stadig, du kysser ikke en pige, får hende til at komme i poolen og lader som om, det aldrig er sket. Det er bare ikke rigtigt. Erika forventede i det mindste et smil og et vink hej, men det fik hun ikke engang.

Hvad værre er, træneren Bethy bad hende endda om at lægge udstyret væk alene, da det var hendes 'tur til at rydde op'. Hun blev sikker på, at hun blev straffet for sin alt for aggressive seksuelle adfærd i poolen, og det var trænerens måde at fortælle hende, hvem der er chef.

Da Erika endelig var i stand til at gå i bad, tog hun sig god tid og brugte lejligheden til at slappe af. De andre piger var allerede gået i bad, forladt omklædningsrummet, og stakkels Erika var helt alene. Hun skrubbede sig og vaskede sit hår med shampoo. Det eneste, hun kunne tænke på, var, hvordan hun havde denne smukke oplevelse med Coach Bethy, som på en eller anden måde blev skruet sammen.

Da shampooen var vasket væk, og hun trak sit hår tilbage, så hun en i øjenkrogen og vendte sig om for at se Coach Bethy stå der, stadig klædt i en simpel t-shirt og joggingbukser, lænet op ad væggen og stirrede på hende.

Erika slukkede for bruseren og lod vandet dryppe fra hendes krop. Hun havde ingen problemer med at stå numsen nøgen foran sin kvindelige træner. Måske var det fordi hun allerede var så udmattet; fysisk fra praksis og følelsesmæssigt fra hendes opfattede mishandling. Eller måske fordi det var ophidsende at lade sin kvindelige træner se hende bar på denne måde.

"Du ser sød ud på denne måde," sagde træneren Bethy med beundrende øjne.

"Som i nøgen?"

Træner Bethy smilede. "Ja, dine bryster er smukke, som jeg havde forestillet mig dem. Jeg elsker den måde, hvorpå vand dækker dine muntre bryster, og de lyserøde brystvorter er til at dø for."

De beroligende ord fik Erika til at holde hagen højt og pege brystet fremad.

"Fortsæt."

Træner Bethy undersøgte nærmere. "Du har en dejlig figur. Blød hud. En flot form. Og en dejlig rund numse, som jeg ville ønske, jeg kunne begrave mit ansigt imellem."

Erika knyttede sine numsekind sammen ved blot at nævne dens runde form.

"Måske ville jeg lade dig lege med min numse, hvis du ikke var så afvisende over for mig i dag. Betydede vores pool-ting ingenting for dig?"

"Først og fremmest er du absolut lækker," bekræftede træner Bethy. "For det andet, grunden til, at jeg gav dig til opgave at rydde op, er, at vi ville være alene lige nu."

Erikas fisse knugede sig. "Åh."

"Jeg skal være ærlig; jeg kan ikke lade være med at tænke på dig. Men samtidig ønsker jeg ikke at miste mit job eller omdømme over dette."

"Jeg kan holde på en hemmelighed," sagde Erika.

"Sværge?"

"Jeg sværger."

"Godt, for jeg har brug for et brusebad," svarede træner Bethy. "Vil du starte vandet og hjælpe med at vaske mig?"

Erikas hjerte slog et slag over. "Ja, hvad som helst."

Erika løb brusevandet igen, mens hun så træneren Bethy fjerne sit tøj på en altid så afslappet måde. Under trænerens t-shirt var der en sort sports-bh, der dækkede små bryster. Den kvindelige træner fjernede sine sko og sokker og stod barfodet på gulvet; så kom hendes bukser af og afslørede hendes trusser.

Det skøreste var, at træner Bethy klædte sig af, som om hun var alene. Ser ikke på nogen. Ingen tøven. Intet sexet ved det.

Da hun fjernede sin sports-bh og trusser, afslørede hun sin nøgne krop med en bikini tan linje omkring hendes bryster og skridt. Hendes bryster var små, men hendes brune brystvorter var store og allerede stive.

Erika forblev frossen, da hendes kvindelige træner nærmede sig hende og kom ned under vandet for at skylle sig. Så trådte hun til side.

"Shampoo," sagde træneren med ryggen vendt. "Så brug din skrubbe på mig."

"Ja, træner Bethy."

Med ivrige hænder puttede Erika en passende portion shampoo i sine håndflader og gned den på sin træners hår. Hun kærtegnede og masserede, indtil der var hvide skummende bobler

overalt. Det var sjovt og underligt
erotisk at vaske en anden kvindes hår.

Dernæst kom den sjove del. Erika
vaskede sine hænder i brusevandet og
lagde derefter gel på en skrubbe.

"Overalt?" spurgte Erika.

Træner Bethy vendte sig om for at se
Erika, så de stod ansigt til ansigt, nøgne.

"Overalt."

Erika tog en dyb indånding og gik i gang
med at arbejde på Bethys krop. Start
med de 'sikre' rum først, f.eks. skuldre
og arme, og mærk den slanke
muskeltonus. Så gik hun over på sine
bryster. Hendes øjne beundrede de
solbrune linjer. Erika ville desperat
knibe de store brune brystvorter, men

hun havde ikke tilladelse, så hun undgik at gøre det. Ikke desto mindre brugte hun skrubben til at presse over brystvorterne og brysterne, mens hun så dem svinge lidt. Benene blev lavet sidst.

"Sæt nu skrubben ned," sagde træneren Bethy. "Gnid min hud. Det er sådan kroppe bliver renset, ikke?"

"Ja," svarede Erika.

Det var ren fornøjelse, da Erika gned sine bare hænder over den kvindelige træners sæbeagtige hud og mærkede tonen og kødet. Hun fik endelig at mærke de bryster, endda gnide brystvorterne (selvom hun stadig ikke kunne tage modet til sig til at knibe dem). Hun gned endda den kvindelige træners atletiske lår, lægge og faste numse.

"Overalt," sagde træner Bethy og vendte ryggen til Erika. "Gnid min klit."

Erika gispede. "Er du ikke bange for, at nogen fanger os?"

"På dette tidspunkt af dagen burde ingen være tilbage her. Uanset hvad, så er det bedst at skynde sig."

"Hvad præcis vil du have, at jeg skal gøre?"

"Få mig til at komme."

Erika slugte. "Godt. Du vil have, at jeg returnerer tjenesten fra poolen."

"Klog pige."

Erika pressede den forreste del af sin nøgne krop mod den kvindelige træners nøgne ryg. Det føltes elektrisk. Så rakte hun frem med højre hånd og rørte ved den kvindelige træners skridt og ydre skamlæber. Det føltes som et lyn. Så gned hun den kvindelige træners klitoris. Åh gud...

Det var ret simpelt. Erika implementerede sin normale onanirutine med to fingre på den kvindelige træners fisse, og reaktionen var øjeblikkelig. Træner Bethy stønnede og lænede hovedet tilbage af fornøjelsen.

"Du er så god til det," stønnede træneren Bethy. "Hvor har du været hele mit liv?"

Erika blev ved med at gnide sin klit. "Nu kan jeg være din assisterende kvindelige træner."

"Nøjagtigt. Uofficielt, altså. Perfekt til stresslindring under enhver omstændighed. Stop ikke, jeg kommer til at komme."

At høre disse ord tændte kun en ild under Erika. Hun holdt den kvindelige træners nøgne krop fast og gned sig rasende.

Pludselig spændte den kvindelige træners krop, og hun lænede hovedet længere tilbage. Hun trak vejret dybt og holdt det, som om hendes hjerte var stoppet, så udåndede hun alt. Alle hendes stress for dagen var væk på et øjeblik, erstattet helt med fornøjelse.

"Det var en fryd," åndede træneren Bethy.

"Du ved, hvis mine hænder ikke var dækket af sæbe, ville jeg slikke mine fingre lige nu."

Træner Bethy vendte sig om, så de stod over for hinanden. "Er det det, du normalt gør, efter du har onaneret?"

"Hvis jeg er i det rigtige humør."

"God pige."

De fnisede og kyssede hinanden på læberne. Så trådte de sammen i brusevandet og lod sæben løbe ned i afløbet.

Da de lukkede for vandet, kyssede de noget mere, og så pludselig hørte de det: snakkede og grinede. To-tre piger var lige kommet ind i omklædningsrummet.

"Åh, fuck," hviskede Erika i et gisp. "Vi skal klædes på."

"Ingen tid. Følg mig."

Træner Bethy tog fat i Erika om håndleddet og trak hende ud af bruseren, mens hun tog fat i hendes eget tøj i processen. De tæer bagerst i omklædningsrummet, hvor træneren smed hendes tøj på en bænk og lagde fingeren på hendes læber for at sige: 'Shhh...'

De stod der tavse, nøgne, og deres kroppe dryppede af vand, mens de lyttede til pigernes tale. Det var tre kvindelige spillere på softballholdet. Ironisk nok var det den samme gruppe religiøse piger, der havde opdaget den kvindelige træners lesbiske hemmelighed for et stykke tid tilbage.

Den forskruede følelse af ironi fik kun
træner Bethy til at smile og beundre
Erikas skønhed tæt på, mens Erikas ryg
blev presset mod skabet.

"Lav ikke en lyd," hviskede træner
Bethy.

Mens pigerne talte højlydt indbyrdes,
kyssede den kvindelige trænertunge
Erika, og Erika kyssede lige tilbage så
stille de kunne.

Men det var ikke kun kys, som træner
Bethy var ude efter. Ingen måde.
Træneren faldt på knæ og så op med et
djævelsk blik i øjnene. Øjeblikkeligt
gjorde dette Erika nervøs. Hun vidste, at
hvis hun blev spist af sin erfarne
kvindelige træner, var der ingen måde,
hun kunne beherske sig selv. Der var
ikke noget valg.

Træner Bethy løftede et af Erikas ben og placerede hendes fod på bænken, så Erika efterlod en spredt, våd fisse. Træneren lavede 'Shhh...'-bevægelsen igen og begyndte at spise, mens hun pressede hendes munds læber mod læberne på Erikas fisse.

Erika knugede kæben sammen . For en god ordens skyld pressede Erika begge hendes håndflader over munden for at undertrykke enhver støj, der måtte slippe ud. Hun tvang sig selv til at tie, da den kvindelige træner leverede en ekspert mundtlig præstation; mærke tungen dykke ind og ud, mærke hendes skamlæber blive suget og af og til mærke den varme tunge flimre hen over hendes klitoris.

Det gjorde hende gal, især at lytte til de kvindelige spillere på holdet lave grove vittigheder om deres sexliv. Det var også ophidsende at aflytte disse spillere, mens de havde et hemmeligt lesbisk møde med træneren Bethy.

Følelserne byggede sig op i Erika, og hun vidste, at hun ville briste. Hun var bange for at skrige, fordi de ville blive fanget.

Hun bankede træneren Bethy på hovedet og sagde i munden: "Jeg kommer til at komme så forbandet hårdt."

I stedet for at stoppe, så træneren Bethy kun mere ophidset ud og lavede 'Shhh...'-bevægelsen igen.

Træner Bethy gik tilbage til at spise Erikas fisse, med mere energi denne gang, og kastede to fingre ind i det ophidsede hul. Det var nok til at drive Erika til vanvid. Og det fik hende til at komme.

Erika dækkede sin egen mund med to
hænder og gjorde alt, hvad hun kunne
for at undgå at skrige. Hun mærkede et
sus af væsker skyde ind i den kvindelige
træners mund, og et øjeblik spekulerede
hun på, om træneren Bethy ville rejse sig
og give hende et slag. I stedet blev den
kvindelige træner ved med at sutte.
Træneren Bethy nød tydeligvis at drikke
det.

Da det var gjort, rejste træneren Bethy
sig op og krammede sin nye yndlings
kvindelige spiller på holdet, mens deres
nøgne kroppe og hårde brystvorter rørte
hinanden. De stod der og kiggede
hinanden i øjnene, mens de lyttede til de
andre piger, der stadig snakkede. Der
var væske i hele den kvindelige træners
mund.

Til sidst gik de andre kvindelige spillere,
og de var alene igen.

"Må jeg fortælle dig en hemmelighed?"
spurgte træner Bethy.

"Hvad som helst."

"Det her er faktisk en kæmpe fetich af
mig. At lave pige-/pigeting i
omklædningsrummet som dette. Det er
et kæmpe adrenalinsus for mig. Der er
ikke noget lignende. Jeg er glad for, at jeg
fik oplevet det med dig."

Erika sukkede, "Fuck, det var så vildt
varmt. Jeg tror, jeg fandt min nye
yndlingshobby."

"Velkommen til min verden. Du er den
første kvindelige spiller på mit hold, som
jeg nogensinde har fjollet rundt med, og
jeg ved ikke, hvad jeg skal gøre. Vi finder
ud af det, efterhånden som vi går videre,

forudsat at du vil fortsæt. I mellemtiden
er det ved at være sent, og vi må hellere
klæde os på."

De kyssede igen på munden, men denne
gang smagte Erika sit eget sprøjt på den
kvindelige træners mund. Da den
kvindelige træner afsluttede kysset, greb
hun sit tøj og gik væk.

"Vent," sagde Erika, før træneren Bethy
kunne gå. "Undskyld, at jeg sprøjtede
sådan i munden på dig. Det mente jeg
ikke."

Træner Bethy smilede, "Som jeg sagde,
du er lækker."

Sessionen var slut, og træneren gik væk
med tøjet i hånden, med hendes bare
numse svajende for hvert skridt, som
Erika kunne beundre.

ENDE